Este libro de dragones pertenece a

Enseña a tu Dragón Sobre la Diversidad
My Dragon Books Español - Volumen 25
de Steve Herman

ISBN: 978-1-64916-038-6 (Tapa blanda)
ISBN: 978-1-64916-039-3 (Tapa dura)

www.MyDragonBooks.com

Primera Edición: junio 2020

10 9 8 7 6 5 4 3 2 1

Enseña a tu Dragón
Sobre la Diversidad
My Dragon Books Español - Volumen 25
Steve Herman

¡Hola! Me llamo Drew,
tan sólo espera a oír esto...
Tengo un dragón como mascota
y no te querrás perder, apuesto,

la oportunidad de escuchar una historia
de Diggory Doo, mi dragón.
Pues queremos compartir contigo
lo que él aprendió, una gran lección.

Diggory necesitaba entrenamiento
cuando a vivir conmigo vino,
pues era algo travieso
(como los dragones siempre lo han sido).

Luego que Diggory Doo fue entrenado,
decidió que tenía que ir
a la escuela como los demás niños
y lo que debía saber aprender allí.
ESCUELA

Cuando Diggory Doo llegó a la escuela,
los niños se emocionaron.
Le recibieron como su nuevo amigo
y Diggory estuvo encantado.

Agitó sus alas y su cola,
y todos los niños a una clamaron:
"¡Guau, miren a nuestro nuevo compañero,
con sus escamas y tan colorado!"
¡GUAU!

Pero cuando Diggory Doo regresó de la escuela,
estaba muy decaído.
“No soy como los demás niños,
y por eso me siento afligido”.
!

"Soy el único con alas
y cubierto de escamas totalmente.
¡Ningún otro niño tiene cola,
por si acaso no hayas notado lo evidente!"

"Diggory Doo", le dije,
"Sí, eres diferente, eso es cierto.
Pero no te decepciones
de que no haya nadie más con tu aspecto".
"Además, si a tu alrededor miras,
creo que de acuerdo estarás
en que no eres tú sólo el distinto;
echa un vistazo y verás".

"Por ejemplo, ¿te diste cuenta
de que algunos niños de la escuela son altos,
mientras que otros no son tan grandes
y algunos son más bien bajos?"

"Y aunque seas de color rojo rubí
y el único que tiene escamas,
también los chicos tienen distintos colores".
Y ahí es cuando Diggory exclama...

"¡Vaya, ahora creo que lo entiendo!" mientras miraba alrededor.
"Mis nuevos amigos Toño y Timoteo son de diferentes tonos de marrón".

“Pero la piel de Laura es como un durazno
y tiene las mejillas de color rosado.
Si nos juntamos todos,
somos como una caja de crayolas,
¡No lo había pensado!”

"El cabello de Amada es largo y rubio, mientras que el de Ana es negro y brillante".
"El cabello rizado y castaño de Carla le cae por la espalda fragante".

"Algunos tienen el cabello naranja, como Paty, Sofía y Consuelo".
¡YO NO TENGO NI UN PELO!
Diggory se rascó la cabeza y dijo: "¡Yo no tengo ni un pelo!"

"Y a todos nos gusta algo distinto,
cuando se trata de cosas para comer".
"Ping come arroz
con palillos;
tortillas en su almuerzo
prefiere Javier".
"A Carlos y Felipe les gusta el pollo,
especialmente si frito ha sido".

Diggory dijo: “A mí me gusta el sándwich con jamón y queso derretido”.

Y cuando se trata de nuestras creencias,
son también diferentes.
Abdul reza sus oraciones diarias,
como lo hacen muchas religiones fervientes.

Amal va a la sinagoga,
mientras María va a misa.
El domingo por la mañana,
Tiago va a clases de la Biblia deprisa.

Algunas niñas juegan con muñecas;
otros niños con bloques juegan.
¡Teo juega dentro de la caja,
mientras lanza los juguetes fuera!

Algunos niños visten pantalón jean,
mientras que un vestido es lo que Katy usa.
¡La ropa de Darío está hecha un desastre,
porque cavar en el barro a él le gusta!

Algunos niños usaban la boca para cantar;
otros con ella gemían.

¡YO SÉ PRENDER FUEGO CON LA MÍA!
Diggory Doo afirmó:
“¡Yo sé prender fuego con la mía!”
Como una especie de juego,
seguimos nombrando diferencias,
y las muchas maneras en que las personas
no son iguales, descubrimos con paciencia.

Diggory Doo y yo comentamos
que gordo, delgado, bajito o de buen porte...

La forma que tengas ni tampoco tu tamaño
es algo que importe.

Y nunca debería preocuparnos
nuestra piel o su color.
Siempre que tengamos algo
donde guardar nuestro interior.

MI PIEL ES ROJA !
¡EL ROJO ES LINDO Y TÚ ERES MARAVILLOSO !

Nuestro cabello es tan sólo un adorno
que sobre nuestras cabezas tenemos.
¡Y podemos comer los alimentos que nos gusten,
siempre y cuando nos alimentemos!

Y cuando se trata de nuestras creencias
y diferentes puntos de vista,
aceptemos ser respetuosos;
es lo correcto y una actitud bien vista.

No son los juguetes con los que juegas,
ni la ropa que lleves
lo que determina quién eres;
ni siquiera importarnos debe...

Lo que haya en el exterior,
pues lo que hay en el corazón
es lo que hace de cada persona
una obra de arte que vale un millón.

"**Diversidad**" es como se le llama
cada vez que aceptamos de buena gana
que todos somos una parte especial
que compone la raza humana.

Diggory aprendió bien su lección,
¡y su corazón se llenó de alegría!
"¡Por la **DIVERSIDAD** tengo muchos amigos!",
es lo que ahora él decía.

POTTY TRAIN YOUR DRAGON
Steve Herman
TRAIN YOUR ANGRY DRAGON
Steve Herman
THE MINDFUL DRAGON
Steve Herman
THE YOGA DRAGON
Steve Herman
DRAGON & THE BULLY
Steve Herman
HAPPY BIRTHDAY DRAGON
Steve Herman
NO!
TRAIN YOUR DRAGON TO ACCEPT NO
Steve Herman
I GOT THIS!
Steve Herman
TRAIN YOUR DRAGON TO BE KIND
Steve Herman
A DRAGON With His Mouth ON FIRE
Steve Herman
RULES
RULES
RULES
TRAIN YOUR DRAGON To Follow RULES
Steve Herman
IT'S NOT MY FAULT !!!
TRAIN YOUR DRAGON To Be RESPONSIBLE
Steve Herman
TRAIN YOUR DRAGON To LOVE HIMSELF
Steve Herman
TEACH YOUR DRAGON To Understand CONSEQUENCES
Steve Herman
TEACH YOUR DRAGON TO STOP LYING
Steve Herman
TEACH YOUR DRAGON TO MAKE FRIENDS
Steve Herman
TEACH YOUR DRAGON TO SHARE
Steve Herman
FIX YOUR DRAGON'S ATTITUDE
Steve Herman
NO!
GET YOUR DRAGON TO TRY NEW THINGS
Steve Herman
TEACH YOUR DRAGON TO FOLLOW INSTRUCTIONS
Steve Herman
HELP YOUR DRAGON DEAL WITH ANXIETY
Steve Herman
A DRAGON CHRISTMAS
Steve Herman
TEACH YOUR DRAGON MANNERS
Steve Herman
TEACH YOUR DRAGON EMPATHY
Steve Herman
TEACH YOUR DRAGON About DIVERSITY
Steve Herman

DEAL WITH CHANGE
THE SAD DRAGON
A DRAGON BOOK ABOUT GRIEF AND LOSS
LIMIT YOUR DRAGON'S
SCREEN TIME
Steve Herman
DRAGON and HIS FRIEND
A Dragon Book About Autism
Steve Herman
TEACH YOUR DRAGON
GOOD HYGIENE
Steve Herman
TEACH YOUR DRAGON
ABOUT STRANGER DANGER
Steve Herman
HELP YOUR DRAGON
COPE WITH TRAUMA
Steve Herman
¿Coleccionaste todos los libros de dragones?
¡Nos veremos de nuevo en nuestras próximas historias!
Visitar www.MyDragonBooks.com !!!

Made in the USA
Coppell, TX
30 December 2020

47279704R00026